MENUS PROPOS.

12.29 — Paris, imprim. Guiraudet et Jouaust, rue S.-Honoré, 368.

MENUS PROPOS

PAR

RENÉ DE ROVIGO ET PHILIBERT AUDEBRAND

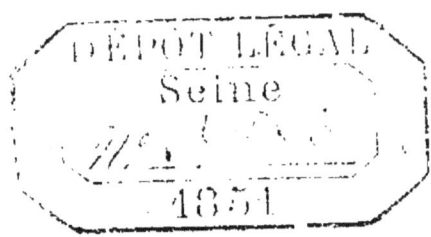

PARIS

CHEZ MARTINON, LIBRAIRE

Rue du Coq-Saint-Honoré, 4

—

1851

SOMMAIRE.

Napoléon. — M. de Balzac mystifié. — Quatorze discours de M. V. Hugo. — Le père Ventura. — Un mot de Jules Barbey d'Aurevilly. — Idem de M. Philocome Boyer. — La chapelle de M. de Pastoret. — M. le docteur Louis Véron. — La loterie des lingots d'or. — Les myopes de l'Empire. — Une enseigne. — Proudhon et Vacquerie. — Les quatorze tragédies de M. Fulchiron. — Les rats et les hiboux. — M. Victor Séjour. — Croquis à la plume. — Lettre d'Hégésippe Moreau. Stances d'Alfred des Essarts. — Epigramme de Nibellè. — Aperçus dramatiques.

AU LECTEUR.

———

Nous vous avons successivement présenté les *Historiettes* et les *Feuilles volantes*; nous venons vous offrir aujourd'hui les *Menus propos*.

A ce nouveau venu succédera chaque mois, mais à des intervalles indéterminés, un nouveau petit livre sous un nouveau nom, et ainsi de suite jusqu'à la consommation des siècles, c'est-à-dire de l'ère révolutionnaire.

Mais à mesure que le temps nous gagne, notre mission devient de plus en plus intéressante et facile. *L'Assemblée législative* et le Président rentrés dans la vie politique et remis en présence, les représentants de retour à Paris, le monde élégant, diplomatique ou officiel, réinstallé dans ses hôtels, les théâtres en plein exercice, voilà certes une riche matière à exploiter pour des chroniqueurs. En vérité, lecteurs, jusqu'à présent nous n'avons fait que pelotter ; à dater de ce moment, nous allons jouer la véritable partie.

Nous aurons cet hiver un pied dans tous les mondes ; et ce que personne n'oserait vous dire, nos petits livres s'empresseront de vous l'apprendre. Nous avons horreur des sycophantes qui ont fait l'époque actuelle à leur image ; comptez sur nous pour les flageller. Le plus sûr moyen de les flétrir, c'est de les démasquer. Que d'indiscrétions nous allons commettre !

Nos petits livres, toutefois, sont ennemis du scandale, quoique très amis de la vérité. Nous avons pour règle le respect de la vie privée , quand la vie privée est respectable ; mais notre indulgence ne va pas jusqu'à pactiser avec le vice ; là où nous voyons un coquin, un voleur, un méchant, notre première pensée est et sera toujours de crier : *Haro!*

Nous avons à remercier nos confrères de la presse de la bienveillance qu'ils nous ont accordée , sans distinction de couleur ; nos confrères ont bien voulu nous tenir compte de l'esprit d'impartialité et d'indépendance qui ne cessera de présider à la rédaction de notre petit Recueil.

Ce n'est pas à nous qu'il appartient de vanter notre courage ; cependant nous nous promettons de ne jamais mériter le reproche que

M. Alphonse Karr adressait à M. Buchez à
l'occasion de sa conduite le 15 mai 1848 :
« *M. Buchez, président de l'Assemblée constituante, a manqué d'imprudence.* »

RENÉ DE ROVIGO.   PHILIBERT AUDEBRAND.

On peut se procurer nos petits livres
dans les bureaux de la *Chronique de
Paris*, rue de Richelieu, n° 92, et dans
ceux du *Corsaire*, passage Jouffroy,
n° 61.

MENUS PROPOS.

M. Roger de Beauvoir est toujours le spirituel compagnon que nous connaissons.

Invité, il y a quelques jours, à dîner par une dame qu'en des temps plus heureux... (mais alors il ne s'était encore élevé entre eux aucun nuage), notre ami lui répondit :

— Madame, vous devez savoir qu'à la Comédie-Française, Orgon ne se met pas à table, mais sous la table.

Un Rouge nous disait, il y a très peu de temps :

— Citoyen, les gens du peuple vendraient leur chemise pour soutenir leurs idées. Quant aux gens riches, ils laissent la rouille dévorer leurs coffres-forts plutôt que d'alimenter les leurs.

———

M. Alphonse Karr s'affligeait avec nous du grand nombre de bas-bleus répandus sur la surface de Paris.

— Hélas ! — nous disait-il, — de nos jours les femmes ridées, fanées, surannées, ne se réfugient plus comme autrefois dans la dévotion ; — elles se jettent dans le feuilleton.

———

Dans son *Traité des tropes*, M. Dumarsais s'étend longuement sur l'antiphrase.

Si vous avez usé vos culottes sur les bancs d'un collége, vous savez que l'antiphrase est une figure de rhétorique par laquelle on emploie un mot dans un sens contraire à celui qui lui est naturel.

En guise d'exemple, le respectable M. Dumarsais cite le mot Euménides (*les Bienfaisantes*), que les Grecs appliquaient, — ironiquement, — aux trois Furies.

En France, aujourd'hui, on abuse beaucoup de l'antiphrase, — notamment en ce qui concerne l'honorable général Changarnier.

Voilà tantôt quatre ans que M. Armand Marrast, président de la Constituante, a dit de lui : — Il est muet comme un poisson.

D'un autre côté, M. Thiers s'est écrié un jour, en pleine tribune : — Le Sphinx ne parlera pas.

Sur la foi de ces deux autorités, l'adorable bourgeois de Paris, — ce Midas moderne, — s'en va répétant chaque matin : — « Quel homme impénétrable que le général Changarnier ! Vous ne lui feriez pas ouvrir la bouche pour un coup de canon. »

Or, il se trouve qu'il n'y a rien de plus expansif, c'est-à-dire de plus babillard, que l'illustre général.

On cite ses mots par centaines.

Il y a mieux, — il s'est livré à des écarts de langage qui eussent arrêté court le Montagnard le plus impétueux.

Ainsi, le 20 décembre 1848, au moment où, à la tête de son état-major, il allait installer au palais de l'Elysée le président de la République, M. le général Changarnier disait en souriant : — *Il me serait aussi facile aujourd'hui de faire un Empereur que d'acheter une livre de pralines.*.

Cette appréciation assez juste de l'engoûment du moment aurait pu donner de l'inquiétude, si l'honorable général n'avait pas dit la veille : — *Messieurs, s'il veut entrer un Empereur aux Tuileries, je lui f..... tirerai des coups de fusil.*

A six mois de là, — vers les premiers jours de la Législative, — la Montagne parvenait à faire rogner de 30,000 fr. le traitement du général.

Au même instant M. Changarnier, se

tournant vers M. Jacques Brives, son voisin, lui disait, sans le moindre sentiment de dépit : — *Citoyen, ce vote ne change rien à la situation. Si l'occasion s'en présente, je brosserai vos amis gratis. Voilà tout.*

L'occasion s'en présenta le 13 juin suivant, ainsi qu'on se le rappelle.

Depuis lors le général a parlé presque tous les jours d'une façon de plus en plus officielle.

Nous le voyons encore à l'heure où M. Achille Fould demandait pour la première fois trois millions en faveur de M. Louis Bonaparte. — Républicains, royalistes, orléanistes, tout le monde hésite. On trouve que c'est bien assez de 1,200,000 francs pour le premier magistrat d'une République. On va refuser.

Tout à coup la tête du général se montre au sommet des rostres. — *Messieurs, dit-il, qu'une misérable question d'argent ne nous divise pas. Je vous adjure de voter le subside. Un refus ferait vaciller le pouvoir sur sa base.*

Tout le monde d'applaudir. — M. Achille Fould s'évanouissait de bonheur.

Six mois après, ce n'était plus la même chanson. — M. le président de la République destituait le général d'un trait de plume, — sans doute pour le remercier de lui avoir fait accorder une liste civile. — De son côté, en présence de l'Assemblée émue, le général prononçait ces mémorables paroles : — *J'ai préféré mon devoir aux oripeaux d'une fausse grandeur.*

Dans le public, tout le monde s'imagi-

nait que cela signifiait : — J'ai refusé
d'être grand-connétable.

Au bout de six mois encore, nouvelle
harangue. Cette fois il s'agit du toast de
Dijon. L'honorable général en fait la plus
sanglante critique. C'est alors qu'il parle
des *prétoriens en débauche*, — ce qui
lui vaut trois salves d'applaudissements,
même à gauche. Il ajoute d'un air solennel : — *Je veille. Mandataires du peuple, délibérez en paix !*

Tout compte fait, il s'est donc expli-
qué six fois de la manière la plus catégo-
rique. Cela n'empêchera point le bourgeois de Paris de répéter jusqu'à la fin
du monde son invariable refrain : —
« Quel homme que l'illustre général
Changarnier ! On ne peut pas lui arra-
cher une parole du ventre. »

Plus nous allons, plus la langue nationale se perd. Depuis l'invasion de la littérature romantique, la grammaire française n'existe plus qu'à l'état de souve-
nir. On n'appelle plus aucun objet par son
nom propre. Cela serait bien par trop
commun.

Vous vous rappelez cette grande dame, précieuse du temps de Louis XV, qui
faisait un jour une querelle à sa servante :
« *Marianne, par votre insoin on m'a servi
une poularde incuite dont je n'ai pu souper sans être exposée aux affres de l'indi-
gestion.* »

Il paraît que nous voguons à pleines
voiles vers cet affreux marivaudage.

M. Arsène Houssaye (le nom véritable
est Housset) disait le mois dernier en
plein foyer du Théâtre-Français :

— Mon dîner coule mal ce soir ; c'est,
je crois, parce que j'ai mangé les immodesties d'un chapon du Mans.

Les immodesties, cela voulait dire *le
croupion*.

————

Parmi les esprits un peu sérieux qui
illuminent encore d'un peu d'éclat notre
époque déshéritée, on commence à trouver que M. de Lamartine abuse singuliè-
rement du *droit au travail*.

Depuis le jour où il est tombé du pouvoir, le poète écrit quatorze heures par
jour.

Quatre à cinq brocanteurs, qui font la
traite des gens de lettres, le tiennent en
charte privée, à peu près comme les en-

chanteurs du moyen-âge emprisonnaient
les chevaliers. Dans l'espace d'un mois,
ils lui font noircir, terme moyen, trois
rames et demie de papier des Vosges.

En trente jours, il improvise deux vo-
lumes in-octavo. Tout le monde sait,
par la lecture de ses articles, qu'il ré-
dige un journal quotidien. Il suffit en
outre à deux feuilles mensuelles.

A un tel métier, Voltaire serait devenu
crétin au bout de six mois; Mathusalem
se fût inoculé la phthisie en trois années.

Les brocanteurs s'inquiètent peu de la
santé du malheureux vieillard. Dût-il
s'affaisser sous le poids des fièvres céré-
brales, ils lui disent : « Il nous faut pour
» dans huit jours un roman, un volume
» d'histoire ou une diatribe. » Galérien
de l'écritoire, M. de Lamartine ne

sonne mot et se met mélancoliquement
à l'œuvre.

Il lui ont fait faire un drame en vers
pour la Porte-Saint-Martin ; ils lui ont
fait écrire un roman pour charmer les
loisirs des cuisinières ; ils lui feront un
jour scander des vers pour en entourer
les mirlitons de la rue des Lombards.

Au reste, on est autorisé à croire que
l'auteur de *Jocelyn* n'a presque plus con-
science de ce qu'il écrit, — surtout
lorsqu'il se mêle de faire de l'histoire.

Au moment où il revoyait les épreu-
ves des *Girondins*, il lui vint à l'esprit
de poétiser la figure de Mme Roland, l'héroïne des beaux parleurs du côté gauche.
En parlant de son séjour à Lyon, il se
mit à faire une magnifique description de
la demeure qu'elle habitait. Dans l'en-

ceinte de la maison il plaçait des jardins, des charmilles, et, avant tout, des appartements de sybarite. C'était pure imagination. A peine le livre avait-il paru qu'une lettre arrivait à l'auteur. Cette épître était de Mme Roland de Champagneux, fille de Mme Roland elle-même.

« Ah! monsieur, s'écriait cette dame, » je ne sais où vous êtes allé prendre tous » les détails que vous publiez sur la mai-» son que Mme Roland, ma mère, a occu-» pée à Lyon. C'est dans cette maison » que je suis née; j'y ai été élevée; je » la visite de temps en temps. Je vous » affirme qu'il n'y a pas un mot de vrai » dans votre relation. »

M. de Lamartine se contenta de dire :

— Mme de Champagneux se trompe :

les poètes sont doués d'une double vue
qui ne les expose jamais à l'erreur.

––––––––

Dans le même temps, un second
erratum parvenait à l'historien.

M. Courtois, fils du conventionnel de
ce nom, lui envoyait un médaillon avec
ces deux mots :

« Mon cher monsieur, il vous a pris
» fantaisie de dire que Mme Roland avait
» un nez romain. Je vous envoie un por-
» trait à la sanguine de Mme Roland, fait
» par elle-même. Vous pourrez vous
» convaincre que l'héroïne de la Gironde
» avait tout simplement un nez en trom-
» pette. »

––––––––

Un jeune vaudevilliste en herbe se présente, il y a trois jours, rue des Martyrs, 63, et il entre chez le concierge.

— C'est bien ici que demeure Henri Monnier ?

— Sans aucun doute.

— En ce cas, je monte lui parler.

— M. Henri Monnier n'y est pas.

— Qu'est-ce à dire ?

— Il est parti ce matin même pour Madagascar.

— Pour Madagascar ! à trois mille lieues d'ici ! Impossible. Je me suis promené hier chez lui toute la soirée sur le boulevart des Italiens. Il fumait un cigare en me disant : « Je veux rester à Paris pendant six mois encore. La caricature redevient de mode. Il me semble que

j'aurai du succès en croquant les Rata-
poils. »

— Que voulez-vous ? Il aura changé
de projet. Le fait est qu'il se trouve
maintenant sur la route de Tananarivo,
où la reine des Hovas le demande à titre
de professeur de déclamation.

— Allons donc ! je vous répète que
c'est impossible. Nous avons ensemble
une affaire à terminer, — trois actes de
vaudeville en collaboration.

— Eh bien, ça n'empêche pas.

— Comment ! portier, ça n'empêche
pas ?

— Sans doute. Est-ce qu'il n'y a pas
là-haut M. Kerkabec ?

— M. Kerkabec ! qu'est-ce que c'est
que M. Kerkabec ?

— L'ombre de M. Henri Monnier,
Monsieur.

— Me voilà bien avancé. Qu'est-ce que c'est que l'ombre de M. Henri Monnier?

— Ah! c'est étonnant! Vous vous dites collaborateur de M. Henri Monnier, et vous ne connaissez pas son ombre! Il faut donc que je vous initie. Asseyez-vous sur ce tabouret.

Le jeune vaudevilliste s'assit.

— Figurez-vous, Monsieur, qu'il y a quelques années, dans le Morbihan, M. Henri Monnier a rencontré un Breton impossible. « Mon ami, lui a-t-il dit, vous paraissez taillé tout exprès pour répondre aux nombreuses visites que je reçois. Venez avec moi à Paris, je vous instituerai mon ombre. Cela signifie que vous me représenterez toutes les fois que je serai absent. Si l'on vient avec un mé-

moire, vous répondrez : «*Très bien! don-
nez-moi la note* », et vous la fourrerez
dans un coin, quelque part, comme on
fait toujours. Si l'on m'apporte un billet
de garde, vous direz : « *Tambour, M.
Henri Monnier est mort d'avant hier au
soir; on l'a enterré ce matin.* » Enfin, si
l'on arrive simplement pour me voir,
vous pousserez un fauteuil devant le visi-
teur, et vous le laisserez parler tant que
cela lui fera plaisir. »

— C'est à merveille, mais pour un
vaudeville en trois actes ?

— L'ombre doit avoir aussi le mot
d'ordre. Peut-être M. Henri Monnier, qui
est un homme prévoyant, lui a-t-il laissé
une ample provision de couplets, de bons
mots et de traits d'esprit. On peut s'en
informer.

Le jeune vaudevilliste monta les cinq étages et redescendit bientôt, rouge de colère.

— C'est une affreuse mystification, dit-il. Celui que vous me désignez comme l'ombre de Henri Monnier n'a pu me dire qu'un mot : *Parti pour Madagascar !*

Depuis ce temps-là, dans le monde littéraire, toutes les fois qu'un homme de lettres un peu en renom veut se débarrasser d'un impor un, il lui envoie un billet ainsi conçu ; « Mon cher Monsieur, je pars en ce moment même pour Madagascar. »

Tous les quinze ans, régulièrement, la bourgeoisie de Paris se met à pousser en l'air un cri de réforme. Tantôt elle veut redresser une Charte, comme en juillet 1830 ; tantôt elle prétend allonger ses droits politiques, comme en février 1848. Vous avez vu ce qu'elle a gagné dans l'un et dans l'autre cas : des mots, beaucoup de mots, rien que des mots, et le privilége de manger long-temps de la vache enragée.

Cependant il est une réforme sérieuse qui intéresse directement trente-six millions de Français, mais dont il n'est pas plus question que des pantouffles de Sésostris : nous voulons parler de la réforme du Code de procédure, — cet arsenal de la chicane, à l'aide duquel les avocats, les avoués, les huissiers, les notaires, les greffiers et les gens d'affaires dessèchent la bourse privée du peuple.

Nul n'ignore qu'il est très commun de faire pour 800 francs de frais quand on veut revendiquer un objet de 300 francs seulement.

Plus de 500,000 commerçants expérimentent chaque année par eux-mêmes qu'un billet de 100 francs qui n'est pas payé à échéance peut entraîner des débours pour le triple du chiffre mentionné à son frontispice.

On ferait chaque jour un volume in-folio rien qu'en se mettant à enregistrer les exactions de ce qu'on appelle *les officiers ministériels.*

Les gens de palais sont des vampires qui survivent à toutes les révolutions.

En 1782, dans le *Tableau de Paris,* le vieux Mercier disait : « Les procureurs » et les huissiers sont toujours habillés

» de noir. On dirait qu'ils portent éter-
» nellement le deuil. En effet, ils héri-
» tent sans cesse de la nation. »

Les choses n'ont pas changé depuis lors.

Ce qu'il y a de plus triste, c'est qu'elles n'auront pas changé non plus en 1882.

———

Après la bataille d'Actium, où il avait été vaincu, Marc-Antoine s'écriait : « *Je* » *n'ai plus rien dans l'univers que ce que* » *j'ai donné.* »

Vienne une Jacquerie, comme on en redoute une, il y a bien des riches qui ne pourront même pas répéter les paroles du général romain.

———

Tout dernièrement M. le marquis de Pastoret, qui fait, — dit on, — les yeux doux à l'Académie française, a cru devoir lire à l'Institut un pompeux éloge du savant M. Denon.

Nous regrettons que M. de Pastoret ait omis, — par inadvertance, sans doute, — de profiter de cette occasion pour raconter un épisode qui, — pour s'être passé au lit de mort de M. Denon, — n'en est pas moins piquant.

M. Denon, — déjà à l'agonie, — ayant repoussé les secours de la religion, avait les yeux fermés et la bouche contractée. Tout à coup il se ranime et retrouve un reste de force pour défendre à ses parents et amis de l'enterrer en terre consacrée.

Telle fut sa dernière pensée.

Méry réchauffe dans son cœur une antipathie littéraire invincible, — commune à toutes les intelligences généreuses de cette époque : le poète marseillais ne peut se résoudre à entendre de sang-froid un livret de M. Scribe.

Au gré du spirituel auteur d'*Héva*, un tel livret est toujours la nature renversée. Dans ce jargon pompeux du *parolier* trois fois millionnaire, il ne se trouve pas un mot de vrai.

— Voyez la vie intime, dit Méry. Quand une femme est placée sous le coup d'une émotion soudaine, elle fait un petit geste de surprise et crie : « Ah ! » Dans le théâtre de M. Scribe, elle lève les bras au plafond et dit avec solennité : « Ciel ! » Qui de vous a jamais entendu une femme dire : « Ciel ! » ?

Dernièrement, au cercle de la rue Richelieu, le poète nous racontait ses impressions de spectateur à *Mosquita*, opéra de M. Xavier Boisselot, paroles de M. Scribe.

— Rien de tendre comme la musique, disait-il. Mais le livret ! voilà un crime ! Là-dedans M. Scribe m'a fait l'effet d'un homme qui décrocherait le soleil pour aller quérir à la cave une bouteille de vin de dix sous.

———

On prétend qu'arrivée à un certain âge, une femme qui danse achève de se défigurer. — Que dire alors d'une vieille femme qui écrit les romans qu'elle ne peut plus mettre en action ?

———

M. Gaïffe , — de l'*Évènement*, — s'é-
vertue à écrire ses feuilletons en style
grotesque, afin d'attirer l'attention. —
De plus , il a le malheur d'être Suisse ,
ce dont on peut s'apercevoir à son malheureux penchant pour les adverbes.

. — J'écrirai bien, — s'écriait-il dernièrement, — du moment où je serai
connu.

— Je ne volerai plus , — s'écriait
Cartouche , — du moment où je serai
riche.

———

On a remarqué qu'aux dernières cour-
ses du Champ-de-Mars, M. le Président
de la République, — se pressant trop
pour arriver à sa tribune, —avait fait un

faux pas à la dernière marche du degré qui y conduit.

— Voilà ce qui arrive quand on abandonne ses ministres, — se serait écrié M. Léon Faucher, — on est exposé à trébucher ; mais l'exemple de Charles Ier est perdu pour tous les princes, et je n'en connais pas un qui ne soit toujours prêt à sacrifier Strafford.

—————

Le canard commis par Mlle Judith, au sujet d'un enfant sauvé par elle, a failli avoir des suites fort désagréables pour cette grande artiste.

En effet, à la nouvelle que Mlle Judith avait constitué une rente de cent francs sur la tête du nouveau Moïse, une députation de fournisseurs se serait, dit-on, donné rendez-vous chez cette dame.

Mlle Judith alors aurait été contrainte de jurer sur son honneur qu'elle n'avait pas constitué la moindre rente, pas plus qu'elle n'avait songé à sauver le moindre enfant.

M. Arthur Kalkbrenner se connaît admirablement en vins; c'est à feu M. son père qu'il est redevable de cet avantage. Dès l'âge de six ans, le dialogue suivant s'établissait souvent entre le père et le fils:

—*Arthur, quel cru?*

— Médoc, papa.

— Quel âge?

— Six ans.

— Quelle année?

— 1834.

— Combien de bouteille?

— Cinq ans.

La forme de ce dialogue pouvait varier suivant les conditions d'âge, etc., etc., du vin, et suivant les différentes espèces ; mais le fond était toujours le même. Quand l'enfant avait bien répondu, le père, pour le récompenser, se faisait une joie de lui accorder quelques distractions innocentes : tantôt il le conduisait à la grille des Tuileries les jours où il y avait parade ; ou mieux encore, quand le temps était beau, il le menait voir prendre des glaces à Tortoni.

Mais si la réponse se faisait attendre, si l'enfant hésitait ou se troublait, M.

Kalkbrenner père le condamnait à boire de l'eau pendant huit jours.

Cette éducation forte a fait du jeune Arthur un gourmet fort distingué.

Dernièrement il donnait à dîner à M. Nestor Roqueplan au café Leblond. Au dessert, il crut devoir offrir à son second père une bouteille de vin supérieur.

— Quel vin prendrons-nous? demanda-t-il.

— Faites-vous servir du Grand-Morin, souffla un voisin.

— Garçon, du Grand-Morin.

Le garçon va trouver son maître.

— M. Arthur demande du Grand-Morin, lui dit-il d'une voix émue.

Le restaurateur, sans se troubler, se hâte de passer un habit noir rehaussé d'une cravate blanche, se fait suivre de deux garçons, et se présente porteur d'une bouteille de vin d'Orléans, chargée de toiles d'araignée. — Le précieux flacon, posé dans un panier incliné, excite des transports d'enthousiasme.

— Vous en reste-t-il beaucoup de bouteilles? s'écrie M. Roqueplan.

—Mais oui, Monsieur; soyez tranquille, reprend le restaurateur, d'un air modeste.

Or, le Grand-Morin n'existe pas. — Heureusement que le vin d'Orléans est moins rare; seulement il faut avoir soin de recouvrir les bouteilles d'une couche bien épaisse de toiles d'araignée. — S'adresser, pour les toiles d'araignée, au caissier de l'Odéon.

———

M. Charles de Matharel de Fiennes, — critique dramatique et méconnu, — se rendait à Neuilly par l'omnibus, en compagnie de mesdames Dupuis et Lambert, actrices, — ou peu s'en faut, — de la *Montansier*.

L'omnibus était complet ; aux instances d'un gros monsieur haletant de fatigue et d'émotion le conducteur répondait par un hochement de tête parfaitement négatif, quand une des compagnes de M. de Fiennes, — cédant tout à coup à une folle inspiration, — se penche, et crie au gros monsieur de monter, vu qu'il reste encore une place du fond.

Le conducteur se frotte les yeux ; le gros monsieur enchanté se dépêche de franchir le marche-pied, — se glisse jusqu'au fond de la voiture, — et, arrivé

là, s'aperçoit qu'il est mystifié et que la
voiture est en effet complète. Alors furieux, — un pied de rouge sur la figure,
— l'infortuné se hâte de prendre la fuite
au milieu d'un éclat de rire général, tem-
péré cependant par les exclamations dou-
loureuses des personnes auxquelles, —
au milieu du désordre inséparable d'une
retraite précipitée, — il ne peut s'em-
pêcher d'écraser à reculons un genou par
ci, un pied par là.

Ces dames veulent s'amuser, — se met
à dire le conducteur, auquel cette gracieuse espiéglerie vient de faire perdre,
— assez mal à propos, — de cinq à six
minutes.

A cette observation, M. Charles de
Malharel de Fiennes se tourne d'un air
furieux vers le conducteur : *Vous êtes un*

insolent, vous insultez des femmes, mais vous vous en repentirez, je vous ferai mettre à pied; je suis **M.** *de Matharel de Fiennes*, etc., etc., etc.

Le vis-à-vis de M. de Fiennes croit devoir intervenir : *Monsieur,* — dit-il, — *vous vous fâchez un peu vite; dans tout ceci, c'est vous qui avez tort.*

M. de Fiennes lance un regard foudroyant à son voisin et ne répond pas un mot. Mais à peine la voiture est-elle arrivée, que le célèbre critique se hâte de porter plainte à l'inspecteur. Celui-ci, après avoir écouté les deux parties et recueilli les dépositions des voyageurs, ne peut se dispenser de donner tort à l'écrivain.

C'est une horreur! — s'écrie le bouillant jeune homme en aplatissant son chapeau entre ses mains crispées ; — *ce pays-ci est infâme, il y est permis d'outrager les femmes, leur faiblesse n'y rencontre aucune protection ; je quitterai cette ville abominable ; je m'en irai à tous les diables, à Nanterre ou à Pékin,* etc., etc., etc.

C'est égal, monsieur, — lui dit son voisin de l'omnibus, qui l'avait suivi, — *vous aviez tort ; c'est le conducteur qui avait raison.*

On le voit, les chevaliers français ne sont pas rares.

Monsieur Gudin, — le joueur malheureux qu'on sait, — se posait, — assez volontiers, lui aussi, — en défenseur du

beau sexe. Il recevait un jour les compliments d'une vieille dame qui le félicitait
sur ses manières respectueuses envers les
femmes.

Madame, — répondit M. Gudin d'un
air solennel, — *ma mère était une femme,* — *elle aussi.* — *Je ne puis l'oublier.*

« Un peuple n'a jamais que le gouver-
» nement qu'il mérite. »

(MIRABEAU.)

« Riches ! grands seigneurs ! aristo-
» crates ! songez que vous ne pouvez pas

» plus vous passer du peuple que la fleur
» de la tige qui la nourrit. »

LORD BROUGHAM (*Plaidoyer en
faveur de la reine Caroline*).

———

On attribue à M. Guizot les paroles
suivantes sur l'un des chefs de la droite :

« Il n'aura manqué à M. Berryer pour
» être un homme complet que d'avoir l'hé-
» roïsme d'habiter un cinquième étage et
» de ne vivre au besoin qu'avec 1,500 fr.
» de rentes. »

———

Plus de vingt millions de Français se
lèvent chaque matin en se faisant cette

question importune : « Comment M. Louis-
Napoléon Bonaparte se retirera-t-il du
pouvoir? »

Là dessus il circule plusieurs sortes de
conjectures.

Il y en a qui disent : — M. le président
de la République, voyant le quart d'heure
fatal arrivé, appellera un de ses esclaves,
comme le second des Brutus, et il se
fera percer le flanc, ran-tan-plan, tirelire.

Il en est d'autres qui s'écrient : — Le
neveu de César imitera l'empereur Hélio-
gabale, qui voulut voir expirer ses pou-
voirs dans un cabinet non politique, pavé
de pierreries.

Des imaginations littéraires, qui ont
lu un poème fameux de lord Byron, pré-
tendent tout autre chose. On les entend
dire :

— Le fils de là reine Hortense répugnera à rentrer dans la prose de la vie privée. Comme Sardanapale, il se brûlera dans son palais au milieu de ses trésors et de ses femmes.

Il va sans dire qu'aucune de ces hypothèses n'est sérieuse.

Dans la séance du 20 décembre 1848, à la Constituante, en présence de Dieu et des hommes, M. Charles-Louis-Napoléon Bonaparte a juré que, ses quatre ans étant accomplis, il remettrait le pouvoir à un successeur régulièrement élu. Pourquoi ne tiendrait-il pas ce serment?

Nous avons dit à ce sujet :

— M. le Président de la République ne se fera pas percer le flanc; il ne s'assommera pas; il ne se fera point brûler;

il se contentera de faire son paquet et
d'aller reprendre son hôtel garni de la
place Vendôme. Ce sera, du reste, plus
honorable et plus expéditif.

La crise ministérielle n'est pas sans
avoir causé quelque inquiétude dans
Paris, et le bourgeois a eu peur. — Ce
pauvre bourgeois, il voit des barricades
partout; — il en voit jusque dans les
coups d'État.

Il y a cependant barricade et barricade. — Les unes sont d'un aspect for-
midable, comme feu la barricade Ro-
chechouart; — les autres se présentent
sous des formes plus pittoresques.

Ainsi, la barricade qui s'appuyait le

24 Février à l'angle de l'hôtel habité par M. le comte de Jouffroy, — rue Saint-Lazare, — avait été construite de manière à réunir l'utile à l'agréable, — le gracieux au sévère.

Elle se composait d'une commode en noyer, et d'un tonneau de porteur d'eau, — le tout flanqué d'une modeste rangée de pavés de trois pieds de haut sur deux pieds de large.

Ses défenseurs étaient au nombre de quatre.

1° Un Monsieur, en redingote verte, armé d'un pistolet d'arçon ; 2° un commissionnaire , armé d'une barre de fer ; 3° un cocher de fiacre, — un peu gris, — raccollé dans le cabaret du coin ; 4° un enfant de douze ans , muni d'un grand couteau à découper.

Le guidon de cette troupe d'élite avait été confié à l'épouse du Monsieur en redingote verte. — Il était tricolore (le drapeau).

Un petit guichet, — laissé libre à l'une des extrémités du bastion, — permettait aux passants de circuler, — mais le passage n'était pas gratuit.

Cette barricade avait jeté l'effroi dans le quartier ; — éclose, comme par enchantement, aux premiers rayons de l'aurore, son apparition subite avait glacé le courage des plus vaillants.

Vers les dix heures du matin, l'enfant s'était mis en mesure de quêter, de maison en maison, des secours pour les *blessés* ; — à onze heures, sa casquette regorgeait de menue monnaie ; il n'acceptait que de l'argent blanc. — Quatre

fois par jour les boulangers, charcu-
tiers et marchands de vins du pays con-
quis, se faisaient remarquer par leur
empressement à acquitter leurs imposi-
tions en nature. — A huit heures du soir
l'enfant criait : *Des Lampions !* et la rue
s'illuminait soudain.

Ce train de vie dura deux jours. —
Pendant tout ce temps, les hôtels et les
boutiques restèrent fermés. — Le troi-
sième jour, un élève de Saint-Cyr, à
cheval, suivi d'un Montagnard, à pied,
se présenta pour inviter, — de la part
de M. de Lamartine, — le commandant
de la barricade à déposer les armes, —
la paix étant faite.

Celui-ci, — qui avait envie de rentrer chez lui, — ne se fit pas prier ; —
il ne prit que le temps de partager le

montant de la quête avec son armée, et de lui adresser quelques compliments sur le zèle patriotique dont elle avait fait preuve ; puis, le licenciement une fois opéré, il se hâta d'aller recevoir à l'Hôtel-de-Ville les remerciements du gouvernement provisoire.

Un instant après, la barricade était démolie, et dans la soirée les habitants se hasardèrent à mettre le nez à la fenêtre. — Mais l'alerte avait été chaude, — si chaude qu'on en parle encore dans la rue Saint-Lazare.

Il y a eu autrefois, — sous la monarchie, — une polémique fort ardente entre M. Jules Janin et M. Alexandre Dumas.

A propos de littérature, les deux écrivains en étaient venus à se jeter réciproquement de gros mots à la tête. Entre autres choses, l'auteur d'*Antony* reprochait à l'auteur de *Barnave* la manière dont il avait gagné la croix. — « Cela » vous va bien, monsieur, de parler » de croix, répliquait M. Jules Janin » dans les *Débats*. Des croix! songez » donc que vous en avez jusque sur la » tignasse. » Dès ce moment, l'affaire devint sérieuse ; on put supposer que les deux littérateurs descendraient sur le terrain. Il n'en fut rien. Ces messieurs se contentèrent d'échanger quelques feuilletons, — après quoi ils se tendirent la main et s'embrassèrent. — M. Jules Janin ajouta : — Eh! pardieu! nous ne devons nous rencontrer qu'à l'Académie.

Il faut bien croire que M. Alexandre Dumas n'a pas pu prendre sur lui de digérer ce mot. En dépit du traité d'armistice signé avec son confrère, il le harcèle en toute occasion. Le mois dernier, au moment où paraissaient les *Gaîtés champêtres*, le dramaturge s'écriait :

— Décidément, il est deux choses que Janin n'a jamais su faire : — un roman à sa femme et un enfant à son éditeur.

Comme nous relisions Chamfort, écrivain révolutionnaire, nous avons mis la main sur une observation qu'il faisait en 1790, observation qui nous paraît fort applicable en 1851.

Jugez-en.

« En parcourant les *Mémoires* et les
» monuments du siècle de Louis XIV, on
» trouve, même dans la mauvaise compa-
» gnie de ce temps-là, quelque chose qui
» manque trop souvent à la bonne com-
» pagnie d'aujourd'hui. »

Chamfort, comme on sait, avait puis-
samment contribué à l'établissement de
la première république. Placé deux fois
sous le coup de l'horrible *loi des suspects*,
il se donna la mort comme Condorcet,
afin de n'être pas guillotiné comme Ca-
mille Desmoulins et André Chénier.

Révolutionnaires à l'eau de rose de
1851, ne perdez pas de vue cette figure
mutilée par la balle d'un pistolet et par la
lame d'un rasoir.

Marc-Aurèle résume ainsi tout ce que les rhéteurs ont pu dire de l'esclavage et de la tyrannie : « *Ne te fais le tyran ni* » *l'esclave de personne.* » C'est aux républicains, amateurs du despotisme des clubs, à méditer ces belles paroles d'un prince.

Un critique critiqué prête à rire, — c'est vrai, — presque autant qu'un spadassin qui n'arrive pas à la parade. Aussi le meilleur parti à prendre, — pour les maîtres d'armes comme pour les critiques, — est-il d'être les premiers à rire quand la critique ou le fleuret se sont retournés contre eux.

M. Jules Janin vient de publier un li-

vre, — les *Gaîtés champêtres*. De son
côté, M. Jouvin s'est permis de démon-
trer, dans la *Chronique de Paris*, que
le livre de son *ami* Janin n'était ni gai,
ni champêtre, ni amusant, ni....

La presse tout entière s'est émue de
cet article, malheureusement bien écrit
et bien pensé. — En effet, à cette époque d'admiration mutuelle, un compte-
rendu impartial est une exception bien
faite pour attirer l'attention. M. Janin
était prévenu. — On lui promettait le si-
lence ; il a préféré courir la chance d'un
article consciencieux : — il a eu tort,
mais à qui la faute ?

Du reste, le compte-rendu de Jouvin a
produit cet heureux résultat, que bon
nombre de littérateurs se sont décidés à
prendre connaissance de l'ouvrage dont

ils avaient rendu compte avant de l'avoir
lu, — afin de savoir qui a raison, — en
définitive, — du livre ou du compte-
rendu. -

————

M. Jules Janin a eu bien soin de nous
apprendre dans la préface des *Gaîtés
champêtres* que son livre était écrit
pour quarante personnes, tout au plus.
— Ces quarante élus sont probablement
les quarante académiciens, à chacun
desquels M. Janin a eu l'obligeance d'a-
dresser un exemplaire de son ouvrage.

M. Nisard, — touché de cette poli-
tesse, — a cru devoir la reconnaître à
sa manière. — En conséquence, il a fait
lecture en pleine Académie — de l'ar-

ticle de M. Jouvin sur le livre de son *ami*
Janin. — Cette lecture a obtenu un succès d'enthousiasme :

Quel dommage, — s'est écrié M.
Viennet, — *que M. J. Janin ne fasse pas
un livre tous les mois !*

———

M. de Bernis a eu le tort grave de
commettre une charmante comédie, et
le tort plus grave encore de la porter au
comité du *Théâtre-Français.*

A la lecture, sa pièce est écoutée avec
plaisir. Les juges, au nombre de onze,
se récrient sur le talent de M. de Bernis,
lui serrent la main et vont même jusqu'à
le charger de leurs félicitations pour
Madame sa mère.

4

Puis, on passe au scrutin, qui donne cinq votes pour l'admission et six votes contre. — En argot de coulisses, cela voulait dire que la pièce était reçue à corrections.

Corriger une pareille pièce ! s'écrie un des aristarques, *allons donc ! procédons plutôt à un second tour de scrutin, qui sera décisif.*

M. de Bernis s'essuie les yeux, sourit au juge bienveillant et s'asseoit le cœur inondé d'une joie bien douce.

Le scrutin est dépouillé de nouveau. — Mais cette fois toutes les boules sont noires, et la pièce est refusée à l'unanimité.

M. Aladenize remplit les fonctions de consul quelque part sur les côtes de la Sardaigne.

Il y a quelque temps, les autorités de l'endroit reçurent une invitation du consul français pour assister à l'enterrement de *Louis-Napoléon*.

L'étonnement produit par cette lettre de faire part est difficile à décrire.

Si le président de la République française est mort, se disait-on avec assez de justesse, *pourquoi vient-on l'enterrer chez nous ?*

Au jour dit, l'affluence fut très grande chez le consul, dont le pavillon avait été arboré à mi-mât en signe de deuil.

Puis, on vit sortir de l'hôtel un petit cercueil qui contenait les restes d'un enfant de six mois.

Le pauvre petit défunt s'appelait Louis-Napoléon, — tout comme le perroquet d'une marchande de tabac fort connue. — Le père avait seulement oublié d'inscrire le nom de famille et la qualité de son fils sur la lettre de faire-part.

———

M. H. de Balzac l'a dit, et l'expérience de tous les jours le démontre : le triomphe d'un homme de lettres est de mystifier un prêteur à la petite semaine.

Feu Maillan, auteur du *Vagabond* et de plusieurs autres œuvres dramatiques fort applaudies, ne se faisait pas faute de duper les vendeurs d'argent. Sous ce rapport, son esprit était toujours fertile en ressources fort ingénieuses.

En 1847, en plein hiver, il attire chez lui un de ces créanciers, vautour impitoyable qui lui déchirait le foie à coups de papier timbré. L'homme accourt, mais sans avoir l'espérance de recevoir un sou d'à-compte.

Dès qu'il est entré chez notre auteur, il aperçoit près de l'âtre un vieillard septuagénaire, coiffé d'un bonnet de soie noire, pleurant, toussant, et crachant dans les cendres.

— Qu'est-ce que c'est que ça? — demanda-t-il à Maillan.

— Mon Dieu, — répond à voix basse l'homme d'esprit, — c'est un oncle à succession qui m'est arrivé avant-hier de Normandie. D'ici à six mois, ce pauvre homme me laissera dix mille livres de rentes.

4*

— Dix mille livres de rentes ! — reprend l'usurier. — Ah ! diable, mon cher ami, non seulement je ne vous tourmente plus pour la bagatelle que vous me devez, mais encore je vous prête mille écus.

Or, savez-vous ce qu'était ce prétendu oncle du coin du feu ? Un figurant de la Gaîté, que Maillan louait à raison de quarante sous par jour pour faire le métier d'incurable.

———

L'*Avènement*, — qui ne va pas tarder à redevenir l'*Événement*, — a recours à de singuliers moyens pour pousser à l'abonnement.

Tout citoyen, — vous dit obligeamment

cette feuille, — qui souscrira un abonnement de trois mois, — recevra gratuitement, en prime, quatorze discours de M. Victor Hugo.

———

Le père Ventura continue le cours de ses éloquentes prédications. — Tout en rendant hommage au zèle et au talent de l'orateur ultramontain, il faut reconnaître cependant qu'il lui arrive parfois d'employer des images peu propres à porter l'édification dans les âmes.

Les hérétiques, — disait-il y a quelques jours à la Madeleine, — les hérétiques sont toujours enclins à nous accuser de pratiques superstitieuses. — En vérité, ce reproche a droit de nous surprendre dans la bouche de gens si empressés à baiser la *coulotte* de Luther.

———

Notre ami Jules Barbey d'Aurevilly s'écriait en apprenant la formation du nouveau cabinet :

— Il ne nous manque plus qu'un prince captif : — Blondel est déjà retrouvé.

———

M. Corbin n'a pas voulu être traité comme Molière voulait qu'on traitât le sonnet d'Oronte ; il a refusé de se laisser mettre au cabinet.

———

Au souper donné par M. Philocome Boyer en l'honneur de son maître, — il y a déjà cinq ou six mois, — ce jeune poète s'avisa de porter le toast suivant :

— A Victor Hugo ! au pape de l'intelligence ! au plus grand génie des temps modernes !

— Mon enfant, — répondit modestement le poète ; — sans doute je ne mérite pas un pareil hommage ; je ne vous en félicite pas moins d'oser proclamer une opinion qui est celle de tous les cœurs généreux.

A l'occasion de la mort de la reine Marie-Thérèse, M. le marquis de Pastoret a fait célébrer dans la chapelle de son hôtel un service funèbre auquel on avait eu soin d'inviter surtout des orléanistes. — Quant aux royalistes, il y a déjà quelque temps qu'on les voit d'assez mauvais œil place Louis XV.

———

M. le docteur Louis Véron est un homme de précaution. — Il vient de faire emballer la plus grande partie de ses trésors, et se prépare lui-même à les accompagner dans les États du roi de Sardaigne, à Gênes. — Mais Sophie reste à Paris ; Sophie est, en temps de paix, le Caleb du grand pharmacien ; en temps de guerre elle est son Cambronne.

———

Il n'est bruit dans tout Paris que du mémoire de M. Delamarre contre M. Nestor Roqueplan. — M. Louis Véron assure que son ami Nestor périra écrasé sous les mémoires. — *De profundis !*

———

D'après les comptes soumis au public, la loterie des lingots d'or aurait produit à ses inventeurs un peu plus de 400,000 francs. — Le plus sûr moyen de gagner à la loterie n'est pas d'y mettre.

———

Il ne reste guère aujourd'hui, en fait de contemporains, pour célébrer les gloires de l'Empire, que les débris de ces générations qui avaient porté si haut la science de s'abriter derrière la myopie pour échapper aux inconvénients de la guerre.

———

Un vieux marin, qui habite un petit village situé sur le bord de la mer, a ouvert un cabaret à l'enseigne de *l'Hamac*.

Mais un concurrent s'est révélé depuis peu, qui a eu l'indélicatesse, l'impudeur, d'adopter la même enseigne.

Les deux marins sont Normands ; le procès était inévitable, il a eu lieu. Le tribunal, reconnaissant le droit de tout matelot à se placer sous l'invocation de son hamac, a cru devoir renvoyer les parties dos à dos.

Alors le premier marin a eu une inspiration sublime, et, sans perdre de temps, a refait ainsi son enseigne : *A l'ancienne Mac !*

———

M. Proudhon, détenu, comme chacun sait, à la Conciergerie, vient d'obtenir sa translation à Sainte-Pélagie. Homme marié et naturellement un peu prude, il lui était devenu impossible de s'accoutumer aux excentricités de ses nouveaux compagnons de geôle.

— *En vérité,* s'écriait-il, *ces messieurs ont l'air de se croire dans une vacquerie !*

———

On aperçoit tous les jours, vers quatre heures de l'après-midi, sur le boulevard

5

Montmartre, un grand vieillard, long, maigre, sec et mélancolique.

C'est M. Fulchiron.

La France entière sait que M. Fulchiron a été l'un des hommes les plus considérables du règne de Louis-Philippe.

Il était, et il est encore, l'un des plus riches manufacturiers de la ville de Lyon.

Il était représentant du département du Rhône.

Il a été maire de Passy.

Il a été pair de France.

Il est candidat perpétuel aux fauteuils vacants de l'Académie française.

Grâce à la révolution de Février, il n'est plus guère que cela.

Nous nous trompons : il est encore, il est surtout le plus intrépide mangeur de petits gâteaux qu'il y ait dans la capitale.

M. Fulchiron a bien encore une autre spécialité.

Il est auteur de quatorze tragédies reçues à la Comédie-Française, mais qu'on ne peut pas jouer.

Ces quatorze tragédies sont des péchés de jeunesse.

Tout cela a été écrit sous l'Empire.

Voici ce qu'on nous raconte à ce sujet :

A l'époque dont nous parlons, M. Chaptal, oncle maternel du jeune poète, était justement ministre de l'intérieur. En cette qualité il avait sous sa coupe messieurs les comédiens ordinaires de l'empereur.

Ajoutons que, comme tous les savants, il professait le plus grand mépris pour ces êtres inutiles qui se mêlent de faire des vers.

Un matin l'Excellence fit venir le semainier de la maison de Molière.

— Monsieur, lui dit il d'un ton sévère, j'ai su, par des rapports de police, que mon neveu, M. Fulchiron, avait le malheur d'être enclin à la tragédie. J'ai appris également que, dans le but de m'être agréables, vos collègues et vous, vous aviez encouragé ce travers au point de recevoir quatorze *Manlius, Coriolan, Porsenna* et autres. Veuillez bien prévenir vos collègues d'un point essentiel : c'est que j'entends qu'on en reste là. Si je viens à savoir qu'on joue une seule de ces pièces, je vous fais supprimer la subvention que l'empereur donne à votre théâtre.

On a pris bonne note de cette parole. Jamais le plus petit tronçon des quatorze tragédies n'a été récité sur les planches de la rue Richelieu. On assure que dix d'entre elles sont déjà aux trois quarts dévorées par les toiles d'araignées.

M. Fulchiron parle néanmoins de temps en temps de les porter à l'Odéon.

Tout Paris s'est beaucoup inquiété, pendant le mois d'octobre, du grand combat des hiboux et des rats.

Il y a eu plus de deux cents gageures inaugurées à cette occasion.

Les femmes s'intéressaient particuliè-au prince Chamousky.

« Comme ce prince Chamousky est donc valeureux. Ah! si c'était un homme! »

D'autres tenaient pour Rat à-poil.

Sur douze cent mille habitants que renferme la Babylone moderne, il en existe encore huit cent mille au moins qui jurent leurs grands dieux que ce combat mémorable a réellement eu lieu.

Il nous est arrivé tout récemment

d'entendre une jeune dame nous dire
avec le sérieux le plus adorable :

— Ce combat des hiboux et des rats
est intéressant, sans aucun doute, mais
au fond ce spectacle a quelque chose de
cruel. Comment l'Assemblée Nationale to-
lère-t-elle de semblables rencontres ?

Il y a un poète (c'est peut-être M. Bignon) qui s'occupe du fait pour commettre quatre cents vers sous ce titre :
La nouvelle Batracomyomachie.

Au fond, tous les gens de lettres
n'ignorent point que le canard a pour
auteur un sténographe de *la Patrie,* qui
voulait employer les derniers loisirs de
la prorogation.

Cet homme de génie n'est autre que
M. Paillet. On lui a décerné unanime-
ment le nom de *Canardin.*

On s'entretenait, — en présence de lord Brougham, — des chances de M. de Larochejacquelein à la présidence de la République.

M. de Larochejacquelein, — répondit le savant anglais, — n'aura pas les voix de son parti : — voilà ce qui lui donne des chances.

Nota bene. On sait que la fraction du droit national, — qui votera comme un seul homme pour M. de Larochejacquelein, — n'est pas considérée par les Burgraves comme faisant partie de l'opinion royaliste ; — cette fraction ne croit pas à la fusion, — voilà son crime.

———

M. de Lamartine, — s'écriait doulou-

reusement le petit père Mirès du *Pays*, —
aime trop l'argent. — Il en viendra à ré-
diger les réclames de M. Biétry.

Hier, — six novembre, — un service
funèbre a été célébré à la *Madeleine* pour
le repos de l'âme de madame la duchesse
d'Angoulême. M. l'abbé de Guerry, —
curé de la paroisse, — officiait en personne.

L'affluence était considérable; elle se
composait en majorité de tous ceux qui
se sont montrés ingrats pour la reine
défunte, après lui avoir dû rang, fortune
et position. — Aussi se trouvait on là en
bonne compagnie.

Que de vieux traîtres ensemble ! — s'écria un ouvrier placé à côté de nous.

Il faut leur pardonner, — répondit un autre, — la Reine nous a donné l'exemple de la clémence.

Mais ils recommenceront, — reprit le premier.

Ils n'en auront pas le temps, — répondit encore le second : — voyez comme ils sont vieux.

Du reste, — aucune des maladresses d'usage n'avait été omise.

D'abord, le service annoncé pour onze heures avait été retardé par contre-ordre jusqu'à midi. Quelques élus seulement, — prévenus à temps, — ont pu éviter d'attendre une heure sous le péristyle, exposés au vent et à la pluie. —

Les ouvriers, — cela va sans dire, — ont dû se résigner à monter cette agréable faction.

Ensuite, une petite porte latérale donnait accès dans la nef aux gros bonnets munis de billets ; — la plèbe, — royaliste, et que, par conséquent, on n'a aucun intérêt à ménager, — cédait le pas à ses vieux ennemis, objets de toutes les prévenances et de mille caresses.

Les journaux royalistes se plaisent à propager un prétendu portrait de Henri V par M. de la Guéronnière, et à le déclarer frappant de ressemblance.

De ce portrait il résulte que le Roi a une très belle tête, des yeux magnifiques, mais que le buste ne répond pas à la beauté de la tête et des yeux. — Quant au moral, M. de la Guéronnière accorde à Henri V une grande loyauté, — ce qu'il aurait de la peine à lui contester, — mais il le déclare dépourvu de toute espèce d'initiative, — ce qui est une calomnie insigne.

De bonne foi, — au moment où les épées s'agitent dans les fourreaux, — est-ce servir le principe que de nous promettre un second roi martyr à la place du guerrier que tant de voix appellent?

CROQUIS A LA PLUME.

M. LOUIS-NAPOLÉON BONAPARTE.

Quiconque a été à même d'envisager

M. Louis Bonaparte seulement une mi-
nute a pu se convaincre qu'il n'a absolu-
ment rien de napoléonien. Il est très
évident que le sang italien, attiédi au
soleil de la Corse, ne coule pas en grande
quantité dans ce buste de petite taille.
On le devinerait à la pâleur néerlandaise
de la figure, si l'on ne savait pas d'ailleurs que M. le président de la République, blond et froid, a les allures de
l'homme du Nord. En interrogeant le
crâne, on ne trouve rien non plus de
l'héritier de cet homme dont la tête, ir-
réprochable au point de vue de l'art,
s'arrondissait harmonieusement comme
un globe de cristal. Le front manque
d'ampleur. Tous les physiologistes savent
que le nez est un des indices les plus re-
marquables du caractère. Chez l'Élu du

10 Décembre, cet appendice n'affecte point la forme du bec d'aigle ; il a je ne sais quelle tournure pantagruélique, dénuée de noblesse. Quant à l'œil, il est légèrement bridé, à la manière de celui de Machiavel et de Talleyrand. Peut-être pourrait-on à la rigueur en inférer que M. Louis Bonaparte possède certaines aptitudes du politique, l'impénétrabilité et la dissimulation, par exemple. Sur les lèvres voltige un sourire imprégné de mélancolie, ainsi que cela se rencontre souvent chez les esprits aventureux qui ont vieilli en prison. Mais quand on examine avec un peu de soin le menton, il est clair qu'il accuse de grandes tendances à la fermeté. Fortement soudé aux maxillaires, long, hardi et osseux, il ferait dire volontiers à ceux qui le

contemplent : « Voilà un de ces hommes
» qui vont au but, — coûte que coûte. »

Si l'on soumet à l'analyse l'ensemble
de la physionomie, le bras assez nerveux,
la poitrine assez large, les jambes assez
courtes, la manière de se tenir assez
raide, on est conduit à penser d'ailleurs
que le prince est un personnage inégal.
A pied, il n'a l'air de rien. A cheval, il
n'est pas dénué de dignité. Mis toujours
avec distinction, parfois avec recherche,
il ne lui manque du gentilhomme que
l'insouciance. Ceux qui l'ont accompagné
dans une fête s'accordent à dire qu'il a
toute la mine d'un cavalier anglais de la
belle société de Londres. Il passe pour
bon danseur. Les femmes l'aiment rien
que pour la manière dont il donne la
main. Il a beaucoup de goût pour les ru-

bans, les crachats et les fleurs. On ajoute
qu'il est gastronome, peut-être viveur.

En 1848, lorsqu'il entra à la Constituante, il était précédé d'une réputation
détestable comme homme politique. On
ne cessait de faire des gorges chaudes
sur les deux échauffourées impériales de
Strasbourg et de Boulogne. L'aigle en
vie de la dernière expédition devenait un
texte intarissable d'épigrammes. Quelques Montagnards (MM. Louis Blanc et
Germain Sarrut, entre autres), qui avaient
eu des relations avec lui, ne le considé-
raient aucunement comme un prétendant
dont on dût prendre de l'ombrage. « *Il
ne sait pas dire deux mots de suite !* »
s'écriait le gros de l'extrême gauche,
en riant aux éclats. — Armé d'un flegme
héroïque, M. Louis-Napoléon Bonaparte

laissa passer les épigrammes. Ayant à parler deux ou trois fois dans des circonstances purement personnelles, il ne voulut pas même se donner la peine de démentir les *on dit*. Au lieu d'improviser, il prenait un papier écrit au crayon et il le lisait en hésitant, presque en ânonnant. Les plus malins de la majorité républicaine y furent pris. On se rappelle que M. Antony Thouret s'écriait (les paroles sont au *Moniteur*) : « *Allons ! il n'est pas dangereux !* »

Sur cette figure marmoréenne du futur président de la République, aucun pli ne trahissait la colère ni le plus léger mécontentement. Il y a mieux : le nouvel arrivé poussait la courtoisie démocratique jusqu'à appeler chez lui des individualités fort vives du parti Montagnard.

Venant saluer l'éditeur Pagnerre à son banc, il mandait à l'hôtel garni où il était descendu MM. Joly et P.-J. Proudhon. Nul n'ignore son premier pacte d'alliance avec M. Emile de Girardin. Tout cela ne l'empêchait pas, au contraire, de commencer ses allocutions par le mot sacramentel : *Citoyens représentants !*

Ce qu'il y a de certain, c'est que M. Louis Bonaparte est doué d'un très grand bonheur. Tout ce qui eût perdu cent autres joueurs en sa place l'a merveilleusement servi. Les deux coups de main tentés par lui sous Louis-Philippe eussent pu avoir un dénouement tragique sous tout autre gouvernement, même sous le sien propre : il a eu deux fois la vie sauve après avoir risqué la mort. Les folies du tournoi d'Eglington et l'aigle apprivoisé auraient été de nature à faire mourir le premier venu sous les sifflets : il survivait fort bien à ces deux circonstances. Enfin, ses affinités et son origine révolutionnaires auraient pu écarter de lui le parti de l'ordre : le parti de l'ordre, méconnaissant les services inappréciables du général Cavaignac, se portait tout entier au devant de lui.

Aujourd'hui que l'Élu du 10 Décembre incline visiblement à gauche, la droite de l'Assemblée se regarde comme étant pour ainsi dire désertée. Il y a pourtant bien long-temps que cette politique de va et vient était indiquée. La lettre à M. Edgard Ney n'était-elle point une révélation ? Emportée par ses passions par trop réactionnaires, ne voyant devant elle que les Rouges, et toujours les Rou-

ges, la droite s'est pour ainsi dire bou-
ché les yeux et les oreilles pour ne pas
voir et pour ne pas entendre. Un moment devait arriver tôt ou tard où l'on
comprendrait que tous les périls n'étaient
pas sur la cîme de la Montagne, ou plutôt que la Montagne avait un pied à terre
à l'Élysée. Le président faisait avec la
majorité blanche ce que le candidat avait
fait jadis avec la majorité rouge. Il la
laissait dire, gagnant chaque jour du
temps et du terrain.

Comme homme d'action, M. Louis
Bonaparte a une qualité précieuse : une
fois un projet arrêté dans son esprit, il
ne l'abandonne plus. Il peut avoir l'air
de le quitter ; en réalité il le fait som-
meiller, mais voilà tout. Il voulait faire
comprendre qu'il gouvernait seul : il a

rendu le fait éclatant. Louis XVIII, qui était un voltairien consommé ; Charles X, qui était un roi chevaleresque ; Louis-Philippe, qui était un grand calculateur, prenaient toujours de grands ménagements lorsqu'ils avaient à congédier un ministère. En quelques instants le président de la République a renvoyé, sans barguigner, MM. Odilon Barrot, Hippolyte Passy, Dufaure et six autres hommes considérables. Le Message du 31 octobre est demeuré comme un monument d'audace. A la place des parlémentaires congédiés, il plaçait des inconnus, presque des automates. Ces machines ministérielles ont pourtant acquis de la notoriété, tant les choses et les hommes sont petits à l'heure présente ! Chose remar-

quable, M. Bonaparte a cherché plus bas
encore et a trouvé. N'est-ce pas toujours du bonheur?

Un jour il lui a pris fantaisie d'en finir
avec le général Changarnier : il a brisé
cette épée de l'ordre comme un écolier
espiègle fait pour un jouet dont la vue
l'importune. Le lendemain, personne
n'avait l'air de se rappeler même la figure
du général. Toujours le même bonheur.

Il a divorcé de même avec un cabinet
toujours obéissant. Ainsi le voulait son
étoile. Il a donné congé à un préfet de
police qu'on disait vigilant. Qui en mur-
mure? Personne. L'étoile est toujours là.
Par le Message du 4 novembre, il va à
gauche, et les gens de gauche viennent
à lui. Influence de l'étoile!

Reste à savoir si l'étoile continuera à

l'éclairer sur cette route escarpée et pleine d'abîmes.

———

M. Victor Séjour, jeune poète d'un certain talent, à qui l'on doit *Diégarias* et une tragédie romaine, est un sang mêlé des Antilles. Il ne craint pas d'avouer lui-même qu'il descend d'une tribu de Caraïbes, tribu anthropophage au suprême degré.

En 1849, au moment où M. Victor Séjour se préparait à lire je ne sais quelle pièce au comité du Théâtre-Français, mademoiselle Augustine Brohan, frappée d'épouvante, disait à l'oreille du vénérable M. Samson :

« Entre nous, je ne serai pas du tout

tranquille pendant tout le temps que durera cette lecture. Il me semblera à chaque tirade que l'auteur se jettera sur moi pour me manger. »

———

Henri IV disait : « Paris vaut bien une messe. »

M. Louis Bonaparte n'aurait-il pas dit : « Un nouveau bail de quatre ans vaut bien un Message rouge. »

———

LA PAUVRE SUZANNE,

BALLADE IMITÉE DE WORDSWORTH.

I.

C'est au coin de Wod-Street. — Une grive savante,
En sa cage enfermée, y chante le matin ;

Elle chante gaîment, comme un oiseau mutin....
Et voilà que passait Suzanne la servante.

II.

Pauvre Suzanne, hélas! elle entendit ces chants
A l'heure où Londre encor dans le repos sommeille ;
Et la voix de la grive, en frappant son oreille,
La ramena soudain dans les bois et les champs.

III.

Une haute montagne en un moment s'élève ;
Des arbres-visions se forment en berceaux ;
A travers Lothbury coule l'azur des eaux
Dans le val de Cheapside... O doux rêve! doux rêve!

IV.

C'est bien par ces sentiers qu'autrefois elle allait ;
Ses pas ont bien foulé ce même pâturage,
Voilà bien la chaumière, aux confins du village,
D'où tu partais joyeuse avec ton pot au lait.

V.

Mais la grive se tait... Tout le tableau s'efface :
Bois, champs, arbres fleuris et village natal...
Plus de ruisseau faisant résonner le cristal...
C'est Londres !... Souviens-t'en, pauvre Suzanne, et passe!

ALFRED DES ESSARTS.

A M. Odilon Barrot.

Après une assez longue attente :
— *Quel est ce bavard un peu vieux ?*
— C'est Barrot ! — S'il me représente,
Je suis vraiment bien ennuyeux !

NIBELLE.

Une lettre d'Hégésippe Moreau.

En rendant l'âme sur un grabat d'hôpital,
Hégésippe Moreau n'est pas mort tout entier.
Il a légué à la postérité un beau livre, *Le
Myosotis ;* il a laissé en outre entre les mains
de ses amis de nombreux fragments de vers et
de prose. Un heureux hasard vient de nous
mettre à même de parcourir une demi-douzai-
ne de lettres qu'il écrivait à un romancier
aujourd'hui en   nous a paru intéressant de met   us les yeux de nos lecteurs

6

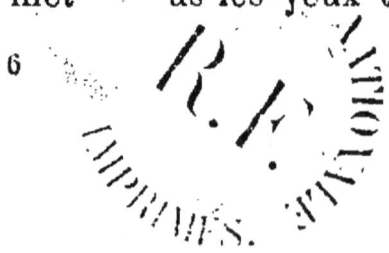

quelques passages d'une de ces épîtres, où il raconte avec un enjouement sinistre les misères sans nombre de sa vie poétique et vagabonde.

» .... 1835. »

« .... Vous me demandez où je loge en ce moment. — Où l'oiseau de Dieu pend-il son nid, si ce n'est au fond des bois ? Mon ami, j'habite un vieux chêne des environs de la mare d'Auteuil, et je vais vous dire comment cela s'est fait.

» Il y a huit jours, je veux rentrer à mon hôtel garni de la rue des Maçons-Sorbonne. Une femme m'arrête au passage. — Monsieur, vous n'aurez pas la clé. — Pour quelle raison ? — Madame n'entend plus que vous restiez ici, parce que vous ne payez, dit-elle, ni en or, ni en argent, mais seulement en belles paroles.

— Eh! mais, les belles paroles sont bien déjà quelque chose : cela aide à attendre.

— Madame n'attendra plus. Au surplus, entendez-vous avec elle. Tenez, la voilà qui descend. — En effet, la chambrière n'avait pas plutôt fini que l'hôtesse parut, un bougeoir à la main, le nez en l'air, le bonnet hérissé. —Ah! c'est vous, mon petit Monsieur? — Pour vous servir, Madame. — Bien obligée. On a déjà dû vous dire que vous n'aviez plus à compter sur votre gîte. Depuis trois mois que vous êtes ici, il ne nous a pas encore été possible de voir la couleur de votre argent. Vous irez à la belle étoile, si vous voulez, mais vous ne coucherez plus chez moi, à moins que vous ne montriez vos finances. — A ce mot, je me mets à rire.

— Mes finances! ma chère dame, il ne

me serait pas moins difficile de vous donner un sou que de vous offrir le diamant
qui orne la tête du Shah de Perse. —
L'hôtesse s'imagine que je me moque
d'elle. De fâchée qu'elle était, elle devient
féroce. — Pourquoi n'arrête-t-on pas ,
ajoute-t-elle, tous les aigrefins qui encom-
brent le pavé de Paris ? J'ai grande envie
d'aller me plaindre au commissaire. —
Mais je la calme. Sur la foi de je ne sais
quelles chimères , je lui dis que , si mon
présent est noir, mon avenir s'éclaircira
et sera plein d'or et de lumière. Dans le
pays latin, ces sortes de prodiges se voient
souvent. Voilà ma mégère qui s'adoucit,
tant il est vrai que toute femme a bon
cœur : — il ne faut que trouver l'endroit
vulnérable. Notre dialogue recommence.
— Eh bien , Monsieur , partez en paix ,

vous me paierez plus tard. — Tout n'é-
tait pas fini. Je ne refusais point de par-
tir, mais des vers se trouvaient enfermés
dans un tiroir. Je les réclame. — Ah !
vos paperasses ? Reprenez-les, Monsieur :
ça nous débarrassera. — Et je suis parti.

» ...Me voilà, comme je vous le disais,
dans un vieux chêne, près de la mare
d'Auteuil. Pareille chose est arrivée
à Olivier Goldsmith et à Lantara. Tant
que durera la belle saison, je n'aurai pas
d'autre domicile. Aux approches de l'hiver, il me faudra bien rentrer en ville.
J'y trouverai du travail, et je pourrai dès
lors retourner, la tête haute, à ma cham-
brette de la rue des Maçons-Sorbonne.
En attendant, je vis heureux. On m'a
payé une romance vingt francs. Vingt
francs, c'est de l'opulence. Trois sous

de pain, deux sous de lait, telles sont mes dépenses de chaque jour. Mais quel luxe il y a autour de moi ! De grands arbres verts, un tapis de mousse, parsemé de marguerites, de bruyères et de violettes de Parme. Les nids de pinsons et de bouvreuils abondent dans mon canton. Quand la nuit étend sa mantille de dentelle noire sur le bois, mille vers luisants s'accrochent aux épines des buissons comme autant de lanternes. S'il y a clair de lune, je m'enfonce dans les massifs et je me mets alors en communication avec les héros de mes rêves et de mes romans....

» HÉGÉSIPPE MOREAU. »

APERÇUS DRAMATIQUES.

L'*Opéra* répète en ce moment une pièce de M. Halévy ; le nouveau ballet de *Vert-Vert* est impatiemment attendu.

Madame Plunkett, la mère des trois Plunkett, s'était trompée en annonçant à ses amis que le principal rôle de ce ballet avait été confié à Mlle sa fille ; nous sommes heureux d'annoncer, au contraire, que Mlle Plunkett n'y remplira qu'un rôle secondaire. — Mme Tedesco a débuté ; nous ne l'avons pas trouvée rajeunie.

L'*Opéra* ne possédait qu'une cantatrice dont il vient de se défaire, à l'époque où le grand monde commence à rentrer ; Mlle Alboni a fait ses adieux au public vendredi 31 octobre, dans le *Prophète*.

Le *Théâtre Français* est encore sous le coup des *Derniers Adieux* ; c'est-à-dire que cette jolie pièce est tellement en dehors des habitudes de notre première scène, que le comité de réception est tout étourdi de l'avoir accueillie. — Quant à Mlle *de la Seiglière*, nous n'hésitons pas à qualifier cette pièce de mauvaise action. M. J. Sandeau a bien vite oublié ses premières amours.

L'*Opéra-Comique* se prépare à nous donner trois actes de M. Limnander ; les débuts d'un nouveau, d'un vrai ténor, doivent avoir lieu dans cette pièce. On dit le plus grand bien du ténor et de la pièce.

Mlle Talmon, la nouvelle recrue de l'*Opéra Comique*, est une heureuse acquisition ; il est impossible d'être plus fraîche , plus gracieuse et plus gentille. Sa voix est charmante.

Les *Italiens* sont en bonne voie ; nous engageons seulement M. Lumley à n'user des œuvres de Verdi qu'avec modération.

Le peuple français commence à faire le voyage de l'*Odéon* pour revoir Lepeintre dans le *Voyage interrompu ;* ce théâtre possède une ravissante jeune fille, intelligente, spirituelle et vive, Mlle Hélène Bilhant. (Avis aux directeurs en quête d'amoureuses jeunes et jolies.)

L'*Opéra-National* ne désemplit pas.

Le *Vaudeville* se donne beaucoup de mouvement. Nous l'engageons à ne pas trop sortir de la spécialité qui a fait autrefois sa fortune. Ses frais sont lourds, sa troupe est incomplète, quoique nombreuse. Mlle Déjazet est un peu maigre,

Mlle Octave un peu **grasse** ; Mlle Marthe est charmante. Mlle Renaud a une belle voix ; pourquoi lui donner des rôles sans couplets ?

Les *Variétés* font preuve d'une rare activité ; le directeur est habile et prévenant, la troupe excellente. Lassagne est un comique qui a de l'avenir ; Arnal est toujours Arnal ; Mlle Page est toujours charmante.

Le rire n'arrête pas au *Palais-Royal*, même les jours où l'on y donne la pièce de M. Gozlan.

La *Porte-Saint-Martin* va enfin rouvrir, et, avec les éléments de succès dont dispose M. Marc Fournier, il faut espérer que ce sera pour long-temps.

La pièce d'ouverture est de MM. Méry et Gérard de Nerval ; et avec des inter-

prètes comme Mmes Laurent, Grave,
MM. Mélingue et Bignon, on peut hardi-
ment parier pour un succès.

MM. les sociétaires de l'Ambigu sont
infatigables. Les recettes de *Marthe et
Marie* sont loin de baisser, et déjà ils sont
en mesure de livrer au public un ouvrage
immense de MM. A. Dumas et A. Ma-
quet, *le Vampire*, drame en 7 tableaux,
dans lequel joueront Mme Lucie Mabire,
MM. Arnault et Laurent.

Nous n'avons pas encore parlé du
Gymnase, que nous avons voulu garder
pour la bonne bouche.

Nous n'avons du reste qu'une seule
chose à lui dire : — c'est qu'en ne fer-
mant pas le jour où l'on a appris à Paris
la mort de madame la duchesse d'Angoulême, M. Montigny a perdu l'occasion de

faire une chose de bon goût. — Le *Gymnase* ne devrait pas oublier qu'il doit l'existence aux bienfaits de la branche aînée des Bourbons. — En fait de nouveautés représentées à ce théâtre, ce que nous pouvons citer de plus amusant, c'est l'intermède exécuté tout récemment par MM. Gaiffe et Decourcelles dans le foyer ; — la pantomime expressive de ce dernier a obtenu beaucoup de suffrages.

Et maintenant, à revoir, chers lecteurs. Le mois prochain nous vous présenterons les *Boules de Neige.*